JN281093

17歳

〜『私らしく』好きでいたい〜

澤田 英莉

文芸社

なぜ人間《ひと》は　精一杯に　生きるほど
涙の数が　増えるのだろう

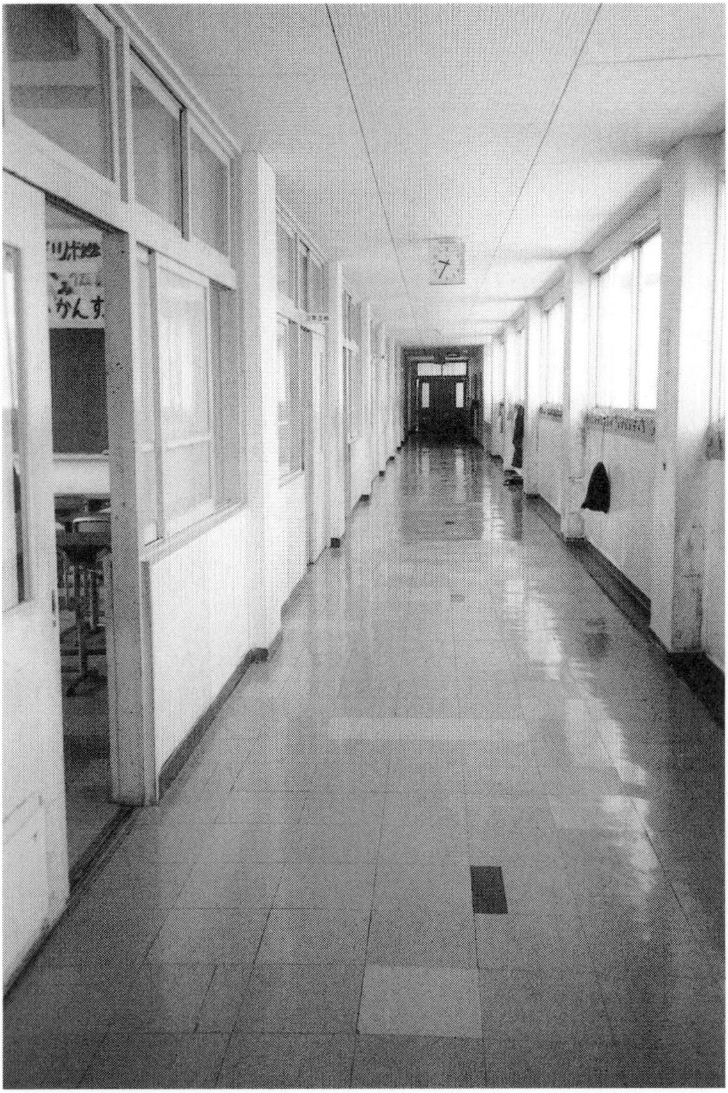

もくじ

1　暗やみ

振り返る　思い出の未来《さき》　未だ見えず
苦し紛れに　笑ってた日々

突き刺さる　言葉の刃　掃えずに
無防備なまま　心閉ざした

増す不安　込み上げるたび　動けずに
覚え始めた　現実逃避

まだ少し　記憶の乱れ　整わず
臆病なまま　恐さ覚える

now……

春になって羽ばたいた一羽の鳥を呼び止められずにいた
月日が経てば経つほどに目覚めの悪い朝

凍えるような寒空の下で輝いていた一羽の鳥
今は何処でその翼を広げているのですか？

「近づきたい……」と君を追えば同じ速さで遠ざかってゆく
そんなことがもう何度も続いているよね

瞳に映る光景のあの頃との違いに戸惑ってばかりだよ
君の居ない生活にはずっと慣れない

寂しさに浸っていられない忙しい毎日
このまま急かす時代に流されれば
もうこれ以上傷付くことなく君のことを忘れられるだろうか？

嫌われたくなくて結局何も出来なかった
「夢の続きは終わることなく流されて痛みを知らずに薄れていっただけ」

「近づきたい……」と君を追えば同じ速さで遠ざかってゆく
そんなことがもう何度も続いているね

今……君が輝いて見えるのは過ぎた季節のせいなんかじゃない

confusion

季節の変わり目を吹き抜ける風で感じて……
今までの日々が思い出と化するのが哀しかった
いつからこんなにも月日が経つのに怯えていたのだろう

歩き出そうとするたびに過去の記憶が足を引っ張っていた
恐がることだけ知りすぎて何もかもが『偽善』ぽかった

気づけば意味もなく泣き出すことが増えていて
言葉に出来ずに『苛立ち』を覚えた
いつからこんなにも寂しさが隠せなくなっていたのだろう

今までの生活に上手く終止符もうてないままに
新しい生活での思い出が出来はじめていた
そのことだけで息が詰まった

何もかもが分らない
本当の自分が見つからない
何処を探せばいいのかなんてそれこそ分らない

不完全なモノだけが増えていく
完全なモノなんて何処にもないのかも知れないね
じゃあ私たち……いったい何を信じればいいのだろう

destiny

春の目覚めに少し怯えていた
間もなくあの日の別れから一年の月日を迎える

ただ傍に居たかった……
何をするのもどんな時でも君と同じ空間で同じモノを見ていたかった

『destiny』そんな言葉を
「離れ離れになった今も使っていいのかな」なんて考えるようになった
destiny　導かれずに二人が出会ったのなら
後悔だけが残って……また君のことだけ追ってしまう

苦笑いがやっとだった毎日
楽しくはあったけれど笑えば笑うほど虚しさだけが募った日々

destiny　あの日の君の瞳……未来しか見てなくて
正面から見つめられずに動揺に紛らわせて視線をそらした
『destiny』この言葉にどれだけの人間が左右され
苦しみ又は幸せを手に入れているのでしょうか

こんなに切ない　こんなに苦しい
この痛みすべて「君のせい」と笑えたならどんなに楽だろう
destiny　導かれずに二人が出会ったのなら
後悔だけが残って……また君のことだけ追いかけてしまう

別の未来へ

時期がくれば二人がそばにいる理由もなくなり
旅立った君と戸惑い流された私
次のスタートさえ踏み出せないままに他の誰も想えなくなった

夢見がちな少女のまま幾つの『偶然』を『奇跡』と
勘違いしていたんだろうね

互いに別の道を歩き出した私たち二人が向かい合うことは二度となく
きっとそれも「仕方がない」と自分に言い聞かせていた
何も自分からはしようともせずに
叶わないこと全てにただ嘆いていた

あの窓から見えた景色ももう見れなくなった
あの場所で生まれた他人《ひと》の繋がりさえも
しだいに見えなくなる

夢見がちな少女のまま幾つの『偶然』を『奇跡』と
勘違いしていたんだろうね

互いに別々の道を歩き出し違う場所で違う存在《ひと》たちに触れ合って
全く異なる『思い出』が生まれてゆく
願うだけの恋に希望はもう持たない
何もしなかった今までの自分を……日々を……
正当化するのはやめよう

夢見がちな少女のまま幾つの『偶然』を『奇跡』と
勘違いしていたんだろうね

互いに別の生活で互いに別の夢を追って……別の未来へゆこう

今はもう　何を基準に　するかさえ
分からないまま　『思い出』とした

2　豪雨

unstable feeling

幼い頃していたことなのに最近ではしなくなったことが多い
あの頃は何もわからなかったけれど何もかもを持っていた気がする

道にあるものすべてが面白くて
手に触れること汚れることなんて関係なかった
そう　今ではきっと喜んで出来ないし
きっと……広い空を理由なしに見ることもしないだろう

大人になっていくことの何がそんなに大切なのだろう
今のこの世界の中なら
生きてさえいれば誰しもが『大人には』なれる

月日を経て成長することをいつからか恐がっていた
無責任な人間《ひと》が増える世の中で私達に問われる責任
意味さえわからないまま他人の為に笑っていた

大人になっていくことがそんなに偉いことなのですか？
誰かに答えをもらうために問うわけではないけれど
ただわからなくなる

大人になっていくことの何がそんなに大切なのだろう
今のこの世界の中なら
生きてさえいれば誰しもが『大人には』なれる

7月8日

友達と遊びに行ってあんがい簡単に忘れられた7月8日《今日》を
今やっと思い出したみたいに落ち込む私

7月8日までのカウントダウン
少し恐れながらもどうにかなると信じていた

ああ　何処かで予想していた通りの結末にもう何も考えられなくて
時間の経過を全身で感じていた
何度拭っても溢れてきてしまう涙が頬をつたって
熱くなり過ぎた身体を冷やしてゆく

耳元でパチンと指を鳴らされたように
全てを信じられた魔法が解けていく

何が偽りで何が現実《ほんとう》か判らなくなっていた
冷静になってみると残酷に物事がわかり過ぎる

ああ　何処かで予想していたいつも通りの結末に
反発する言葉さえ見当たらない
涙さえも偽りたくなる

友達と遊びに行ってあんがい簡単に忘れられた7月8日《今日》を
何も知らずにそばに居てくれた友達に感謝しながら
過去にしようと歩き出す

この手さえ　届かないほど　遠い距離
縮めるために　歩き出したい

儚くて　叶わぬ想い　自覚する
限界なんて　超えてしまった

本音

何もかもが無意味に存在しているように思えるこの時代《とき》の中に
私もあなたも存在しているのだから恐いよね

何処にだって居る普通の人間《ひと》と言い聞かせても
身体だけ正直に激しく脈打つ

かかげられると謙虚になる　見下されると振り向かせたくなる
求める快感の意が変わっていく

どことなく冷めたフリする癖も少し作った笑顔見せるのも
今はまだ人間《ひと》を信じることに臆病なだけです
『裏切り』にすごく敏感なだけなんです
そればかりが人間《ひと》ではないとあなたが私に教えてください

話しかけられると避けたくなる　微笑まれると泣きたくなる
嬉しくて……何もかもが愛おしい

かかげられると謙虚になる　見下されると振り向かせたくなる
近づかれると離れたくなる
……本音言えなくて偽りたくなる
気が付いたら　いつの間にか好きになっていました

好きなのに　寄りそうだけで　交わらず
癒されないまま　求めてしまう

切ないよ　そばに居るだけ　泣けてくる
髪から消えぬ　煙草の香り

For you？

あなたと出会ってからこんなにも情緒不安定な自分
「強くありたい」と思っても涙止まらない
寂しさだけが募って不安が勢いよく押し寄せる

誰かに好かれるために変わろうとする自分が嫌い
でも実際にしようとしている私がいてその存在に苦しくなる

手を繋ぐことさえ少し恐くて車の振動のたび触れ合う手に
動揺しながら力を入れたらあなたは拒絶しなかった
「何で俺ら手繋いどん？」って笑いながら言ったから
どんどん恐さが薄れていった……先週の日曜日

やっと見つけられた自分自身の姿
私だけを見ていてください
……お願いだから不安にさせないで

誰かが涙を流すのなら「大丈夫だよ」と手を差し伸べたい
誰かが『喜び』を見つけたのなら同じくらい喜べる自分でいたい
一度も触れたことのなかった他人の温もりが思った以上に温かかった

誰かのために生きようなんて思わない
私は私でありたい……どんなに月日が流れてしまっても

「がんばれよ」あの時言って　ほしかった
不安なままで　待ってた言葉

逢いたくて　泣きごと言えず　抑えてた
募る不安に　負けそうだった日

tears

最後の夜……別れ話になるなんて正直思ってもみなかった
そんな何も考えていないところが
一段とあなたのことを苦しめていたんだろうね

夜を迎えた公園での電話だったから受話器を持つ手も震えていた
悲しみが寒さのために勢いづいて……溢れる想いを止められなかった
『無理』って言葉が存在する意味　改めてわかった気がした

これから二人本当にこのまま別々の道を歩いてゆくの？
その道　二度とひとつになることはないの？
やっぱりどうしても一緒にいたい
無理なことはわかっている
それでも……それでも

自分の夢のため立ち止まってはいられない
だけど　今のこの場所から歩き出せるわけもない
自信持って好きだと言えた
今はそのことが一番幸せに感じられるよ

冷たい風に肌が体温を奪われていく
「私たち……どうして出会ったんだろうね？」
なんて問いかけをしたらあなたがどんな顔をするかなんて
そんな自分の周りを防御で固めた位置から見るあなたしか
私の目には写らなかったんだね

nothingness

駆け足で過ぎようとしている冬の中
必要とされている実感が少しでも欲しくて……
泣くのは簡単だと今初めて思った

何も知らずに生活していて「いつかは……」なんて
無責任に望みだけを持っていた
ねぇ　どれだけ無神経にあなたのことを傷付けていた？
どうすれば良いのか本当に分からない

「現代の若い人達のように生きられたらいいな……」
『乗り換え』なんて言葉が口にできる今風の恋愛観
今ならそれも「強いな」って思える

すべてを出会ったことのせいにして嫌いになれたら良かったのに……
ねぇ　誰かに反対されても苦しくても方向転換さえできない
何がいいとか　何処が好きとか
そんな言葉も最終的には意味を持たない気がした

幸せすぎてそばに居るのが当たり前な恋人たち
この世の中に『当たり前』なんてモノはきっと存在しないよ
ほら　言葉だってきっと当て字でしょ？

私たちの歩いてきた道にもこれから歩いていく道にも
一緒に歩くパートナーの存在にも
全てに全て意味があるのだろう
あなたが此処で私と出会ったことにも……

目をつぶる　あなたが浮かび　恐くなる
寝つけない日々　繰り返す

long for

会いたい……けど
今会ったら涙を止められる自信がない
そんな不安定な自分に一層バランスを崩す

今年も訪れた季節に誰もが項垂れ下向きに屈み込む
冷たい風が周囲をピリピリとした空気で覆っていくから
無意識に苛立ってしまう

道を歩く人達もみんな誰もが他人顔だね
街が発する声に振り向こうともせず
「自分には関係ない」とでも言わんばかりに無愛想な顔たち

こんな世の中だけれど……愛しき男性《ひと》よ
どうかあなたに幸あれ
今はもう　それしか言えないから
せめてこの言葉だけでも届いてほしいと思う

明かりを消して暗闇に埋もれるとあなたとの距離を感じてしまう
目を閉じるたびに溢れる光景が恐くて恐くて
眠れない日々をただ繰り返す

何の変化もない時間《とき》が私の隣を通り過ぎてゆく
「平凡が一番」なんて言い訳にしか思えなかったあの頃

ねぇ……触れ合った右手が今でも切ない

何もかもが泣きたくなるくらいに儚い
この世界に誕生し存在する物体の中で本当に大切なモノ以外を消去する
としたら……いったい幾つのモノがこの地に残るのだろう

こんな世の中だけれど……愛しき男性《ひと》よ
どうかあなたに幸あれ
触れていたい温もりは果てしなくて……
あなたの方へ差し出したままのこの手をもう一度つかんでほしい

身が凍りつきそうになるくらいに冷え切った街が涙で歪んでゆく
ねぇ　ごめん……思い出に出来ないよ

前みたいにはなれなくてもいい
決まりゆく二人の位置を悪あがきでも変えてみたいだけ

歩けない　涙あふれて　立ち尽くす
戻れないなら　進みたくない

ごめんね……

初めて出会ったときのことを思い出すと
二人が一緒にいるのが不思議だった

出会った頃と再会した頃とそして今……季節は変わり
電車の窓から見える雪景色がとても綺麗で
あの頃の会話が胸に突き刺さる

クリスマスの無理矢理な約束を覚えている？
無邪気すぎた自分が痛い

ごめんね……何も知らず何も出来ずに月日だけが過ぎてゆくね
抱きしめてほしかったあの日のあの想いは
今　何処にあるんだろう

泣きたかった夜にさえあなたの存在は隣にはなかったね
それが距離のせいだけとは思えなかった

ごめんね……何も知らず何も出来なくて傷つけてばかりだね
触れてほしかった感情にさえ
『泣かないこと』で嘘をついていた

初めて出会ったときのことを思い出すのでさえ
今では『思い出』なんだね
どうして月日はこんなにも残酷なのだろう

ごめんね……何も知らず何も出来ずに月日だけが過ぎてゆくね

あの頃

忙しく急かされる生活に反発する意志も持たずにいた
あなたと居るとそれが馬鹿らしく思えた

「今度こそ諦めない」と誓ったイニシャル入りのリング
嬉しくてたまらなかったペアのストラップ
外すのが恐くて……こうなったという結末を受け入れられなくて
今でも泣いてしまう

とても遠いふたりの居場所はそれでなくても遠く感じていた
あの頃ふたり　何を見て何を感じて一緒にいたのだろう……

もしもあの時
逆の方向へと向かっていたら……何度も何度も考えた
きっと　自分自身が招いた結末を認めることが一番恐かった

自分の感情をあまり表に出さないあなたが時たま口にする言葉には
確かな感触のある重みがあって哀しいくらいに心に響いた
会いたいけれど会いたくない……そんな風に思わせる日々だった

どんなに考えてもあなたの顔が思い出せない

とても遠いふたりの居場所はいつしか位置だけではなくなっていた
あの頃は手を伸ばせばすぐあなたに届いたハズなのに……
今は声さえ届かない

あの頃ふたり　何を見て何を感じて一緒にいたのだろう

戸惑いを　隠せないまま　月日経ち
褪めない想い　涙と化した

3　雨あがり

泣き出した　私の髪を　撫でたよね
それこそ彼に　望んだ優しさ

word

「昔に戻るだけ」何度も何度も自分に言い聞かせた

淡い儚い夢を何度となく見た
「今から行こうか」受話器から届くあなたの声
あなたの前で息詰めながら泣く私
髪を撫でてもらって抱き締めてもらった
ねぇ……あの時あなたに望んだことは本当にこれだけだよ
そんなにも難しいことだった？

無理なら無理で仕方なかった
せめてあの時の涙くらいは嫌がらずにいてほしかった

「昔に戻るだけ」何度も何度も自分に言い聞かせた
『昔』に戻るのがこんなにも難しいことだとは思わなかった
あなたに望んだことをどうして……

年上の人に相談すると
「まだ若いのだから……先は長いのだから……」と言われる
でも明日にでも死なない保証なんて何処にもなかった

淡い儚い夢を何度となく見た……その日から眠れない夜が続いた
何度も見た淡く儚い夢を　何よりも待っていた言葉を
どうして彼が言ってくれたんだろう
どうして……私の言葉に耳を傾けてくれたのが彼だったんだろう

差し出した　この手に触れて　くれたこと
ただ嬉しくて　握り返した

髪を撫で　聞かれた言葉に　驚いた
嫌じゃなかった　戸惑っただけ

触れられた　手から溢れる　優しさが
電気器具《つくりもの》より　温かかった

好き……

此処まで来ないと解からなかった自分への苛立ちが
あなたのいないこの場所で募ってゆく

あまり好きじゃなかったメールにも応えてくれて
嫌いだった電話にも付き合ってくれた
身勝手過ぎたあの頃の自分に謝りの涙も出ない

きっと　言いたいことはあったんだろうね?
話せないことだったんだろうけれど
あの頃話してくれないことに不安を隠せずにいた

大事なことが言えなかった……だから伝わらなかった
ただ　それだけのことだったのかも知れない
あなたのことが好きだった
何かを犠牲にしてもあなたとの繋がりだけは守りたかった

抱きしめたくなるようなあなたの『孤独』は
会うたび会うたび私を戸惑わせていたよ

再会できたとき真剣に「運命だ」と思った
あなたが聞いたら馬鹿にしそうだけど……
あの場所もしばらくは私を傷つけるモノとなる

大事なことが分からなかった……だから説明できなかった
ただ　それだけのことだったのかも知れない
あなたのことが本気で好きだった
何かを犠牲にしても『犠牲』にならないくらいに

寂しそうなその目を見るといつも泣きそうになっていたよ

夜の海　現在《いま》の私と　似ているよ
目を凝らしても　先が見えない

「寒いね」と　呟けばまた「寒いな」で
震えるくらい　温かかった

「好きです」と　言えた想いに　即答で
返ってきたのが　泣ける一言

誕生日　メールひとつで　駆けつけた
あなたの気持ち　嬉しかった

おかえり

したくなかったんじゃなくて　したくても勇気がなかった
親の意見に背くことも学校が全ての考えに反発することも
ただ恐くて出来なかっただけ

いつの日からか親の意見を通しても幸せになれる保証もなく
学歴が全てと考えても夢が摑める確証もないことに気づき始めていた
それなら……自分の思うままに生きて失敗する方がいいと思った

自分の知らない別世界の大都会で独り取り残されたようなピンチに
感情が止まったように疲れ果てて戻ってきた
「おかえり」って言ってくれたことに　抱き寄せてくれた優しさに
時間《とき》が逆送するように
同世代の友達だけに囲まれて過ごしていた日々が込み上げた

レンズごしに見える空間　見覚えのある顔たち
「二度と着ないかも」と見つめていた制服
……私　ココで生活していたんだっけ
左手を伸ばして触れてみた壁が冷たくて現実に引き戻される
二階のわりと高くないこの位置から垂直に山を見るのが好きだった
……私　ココに帰って来てしまったんだ

いつからか嫌いになっていた自分の町
学業を終えてからもこの場所に残ろうと思えたのは
この町に残る理由が出来たから

「おかえり」って言葉の響きがただ嬉しかった

うつむいて　「傷は残る」と　抱き寄せた
友達《きみ》の優しさ　胸が詰まった

どれほどに　想い焦がれて　泣いたって
『無理』で繋がる　付き合い《モノ》はなかった

『らしく……』

きっと誰もが幸せになりたいだけ……
それなのに道は険しく続いていて私たちの邪魔ばかりする
「どんなに願っても叶わないこともある」と自分に言い聞かせて
みんな大人になっていくのだろう
どんなに苦しいことも乗り越えられるような『存在』を探しながら

何かを手に入れてそれを守りたくて
そんな毎日が哀しいけれど繰り返されている

いつか全ての物語は終わりを迎える
言葉にすればただそれだけのこと
よく考えれば誰にだって見えてくる単純な結末
それでも　多くの人間《ひと》は明日に夢を託し生きていく
痛いほどに哀れで痛いほどに誇らしく……

何かを失いそうでそれが恐くて
しがみついてでも手放したくなかった

あなたとの接点を手に入れて
あなたとの関係を守りたくて……
そんな毎日が哀しいけれど繰り返されていた

あなたを失いそうで
あなたを失うことだけが恐くて……
しがみついてでも手放したくなかった

縋ってしまう自分がいつからか嫌いだった……『らしく』ありたかった

『あの頃』に　区切りを付けた　つもりでも
傷に触れると　胸痛み出す

first

あなたが居なくなった新しい日々は儚いくらいに眩しくて
目を閉じても見えてしまう現実《ほんとう》があった

あなたのためなら何でも出来た……しようと思った
きっと　それくらいの想いをあなたにも過剰に求め過ぎていたのだろう
申し訳なかったと思っています　反省もしています
でも後悔だけは出来ません……絶対に

今まで本当にありがとう
嫌いになれなくて……忘れられなくて……
取り残された気持ちでいっぱいだった
これからあなたに対して私に出来ることを探していくつもりです
ありがとう……ありがとう

ねぇ今が『思い出』となってしまっても
このままずっと「友達」と呼ばせて……
ずっとずっと忘れたくはないから

付き合えればそれだけで良かったのに……
私はいつからこんなにも図太くなってしまったのだろう
恋は結局繋がっても不安で楽しむことなど出来なかった

今まで本当にありがとう
あなたのそのトラウマ《きず》を癒したいと真剣に思いました
これからあなたに対して私が出来ることを探していくつもりです
何も出来ないのなら何も出来ないなりに精一杯に……
ありがとう……ありがとう

こえ　Ⅰ

「ごめんね」と言った私に
「謝られても……」と言葉を戸惑わせたあなた
その時になって初めて謝罪の言葉も時として無意味なことを知った

いつかあなたが歌ってくれた曲
今でも聞けずにいて胸に薄い痛みを覚えることに戸惑ってしまう
その声色とてもキレイで
あなたに惹かれ始めていた痛すぎるくらいに純粋な想いが
整い出した今の私を強く揺さぶる

この世の中に『絶対』なんて言葉はなかった
私はまだ何も知らなかったよね
でもね……忘れないでいてほしい
この世界に本当に『絶対 大丈夫』って言葉がないのなら
『絶対 無理』って言葉もないと思うの

あなたの笑顔曇らせといて言えないけれど……
あなたにはずっと笑っていてほしい
防御は確かに自分を守れるけれど自分の道さえも侵してしまう
守りに入られるのがあの頃一番悲しかった

「ごめん」は謝ったってことで済ませられてしまうから無責任だね
だからもうあの時のことでは使いたくない

戻れない過去は日に日に輝きを強めてゆく
あの日からあなたを一人の人間《ひと》として
もっと大切にしたいと思うようになった
今ならきっと言えるから……笑って「大好き」と
いつまでも私にとっては大切な人なのだと……

今だけ

風が少し暖かくなってコートが必要なくなり始めていた
お互いの冬服も見ることなく終わりを迎えた現実が込み上げる

今でもあなたの名前の響きには弱くて
この目には涙をこらえようとする力が入ってくる
何もかも済んでしまったこと……
思い出が辛いだけで未練があるわけではなかった
でもやっぱり苦しかった

何もかも今だけ……
辛いのは今だけ……
苦しいのも今だけ……
きっと世の中そんなふうに出来ていると思うから

見上げた空が澄み切っていて切なかった
寒かったあの日からもう何日も経っているんだね

今でもあなたの存在には涙腺が弱くて
この目には涙をこらえようとする力が入ってくる
どんなに辛い日だって朝が来ればただ学校に向かっていた日々
なかなか進もうとしない重い気持ちのままに動いてみたかった

学校に行けるのは今だけ……
勉強に急かされるのも今だけ……
そう思って生きてゆきたいから

儚く広がるこの空の下でふたりは出会いそして別れた
その辛さは人それぞれで……誰もが迷い誰もが涙する
痛みも感じない『恋』なんて　きっとしない方が幸せだと思った

彼思い　流れた涙に　うろたえる
あなたを想い　笑みがこぼれた

fall and then bloom

太陽の明るさが眩しく感じられるようになってきた
またひとつ季節が変わろうとしているね
吹雪いていた風も『なびく風』となってゆく……

彼と出会った頃はこんな日が来るなんて思いもしなかった
好きになったことでさえ予想しない出来事だったから

彼を思い出すと今でも泣いてしまう私がいる
あなたを想うと……自然と微笑んでいる私になれる

ちゃんと此処に居るのに何処となく離れて孤立しているような
呆れるくらいに飛んだ思考に埋もれていた
それでも　あなたと出逢えた頃から
何処かもどかしいくらいに自分が好きになっていけた

彼と別れたあの日はこんな日が来るなんて思えずにいた
心から笑える日が来るなんて思えなかった

彼を思い出すと今でも何かに胸を掻き毟られるような痛みがある
あなたを想うと生きていられる幸せが何かに押されるように湧いてくる
私の感情　まだ壊れてなくて良かった

cure

小さな田舎町の少女がある日突然　恋をしました
何もかもが華やいで見える空間にいつの間にか惹かれていき
その快楽ゆえに親に嘘をつきました

何処かで感じる後ろめたさを掻き消すように
向かう気持ちを抑えることをせず日を送りました
後悔さえしなかったものの
いつの間にか何でも出来るかのような気持ちになり
何でもやってのけました

そしていつの間にか何も出来なくなりました
そう　現代の若者が何かに堕ちていくかのように……

自分の平凡な日常を変えたくて必死だった日々
そんな日常の中で出会った男性《ひと》に急激に惹かれました
その後　その存在を失っては生きていけないほどに縋りつき
そばに居ることを求めました
身も心も……

そうして　本当に何も出来なくなりました
一人では暮らせないほどに弱く脆く……
彼女のすべて壊れていきました

何もかもが出来るようになり　また何もかもが出来るように感じました
その後　突然にして何もかもが出来なくなりました
自分の限界を誰かに無理矢理にでも見せられた気分でした

誰もが何処か薄笑いを浮かべながら通り過ぎていった過去の残存
……辛く苦い思い出が蘇りました

恐いほどにあの頃と何もかもが重なり
突然に恋した彼には見せられなかった……知られたくなかった傷が
染色された滴と化し流れていきました

そんな彼女の『本当の姿』を受け入れてくれる存在《ひと》が
彼女自身　気づかないうちに出来ていました

ある日突然　何もかもが出来るようになり
また突然　何もかもが出来なくなり
そして……
そんな何も出来ない自分が『本当の自分』であることを
誇れるようになりました

雨あがり　少しずつでも　晴れていく
この気持ちだって　もうすぐ晴れる

4　青ぞら

不思議だね　「どうして二人　居るんだろ?」
笑い合ってる　時間《とき》が愛しい

傷み

時計が夜中をさす
家族が寝静まってそっと家を出た
何処に行くなんて当てもなかった　行きたい場所もなかった

気持ちは荒れたまま息切れ状態で
言葉を発しない自分が恐いくらいだった

空っぽの頭の中を彼の言葉が何度も過《よぎ》った
忘れたくて忘れられなくて苛立ちを抑えたくて走り出した
素足にスニーカーが擦れて痛くて立ち止まり……途切れる息に震えた唇

靴を脱いで裸足で駆けた
11月のアスファルトが冷たくて寒さが足に絡みつくのが分かった

大声をあげて泣いた　裸足で走った
立ち止まり夜空を見上げて願った
「お願い……どうかやり直させて」と
全てホントの話　誰も知らない本当の話

冷風に晒され冷え切った足が冷たくて冷たくて……苦しくて苦しくて
行き場所を見つけたかのように一カ所から溢れ出す感情に
『痛い』という感覚を教えられ少し我に返ってより一層強く泣いた

時たますれ違う車のライトが眩しくて目を閉じ
今ある現状を受け入れるのを拒んだ
……誰もが不思議そうに私を見ながら通り過っていった

きっと　あの時の私は正にそんなモノ
誰もが「おかしい」と振り返り眺め見るような存在《モノ》だった
そんな『私』をあなたは抱きしめてくれた

『疑い』は「信じたい」から　くる意思で
無関心なら　気にしなかった

あめ

雨降る交差点で赤になったばかりの信号を見つめていた
涙が冷たい頬を伝っていくのが分かった
どうして泣いているのか……考えたくはなかった

信号が変わったことにも気づけない回らないままの頭が
雨に冷やされて冷静さを取り戻しつつあった
駆け足で走ってみても晴れない気持ちに苛立って……
苛立ちの方向へぶつかっていくのは恐くて出来なくて

雨に打たれたまま何も考えられずに立ち尽くしていると
今以上に何も解らなくなりそうで……
見上げた空は果てしなく遠く突き抜けていて
今にも墜ちてきそうなくらいに暗い闇がただ広がっていた

ひとりで居たくなくて気紛れに人混みに埋もれた

この空の下に　ほら私もあなたも生きているのに
同じ世界なのに同じ街なのに……どうしてこんなにも遠いのだろう
頬を伝う涙は理由も告げずに無常にも溢れ出る
流れる涙にも降ってくる雨にも訳を見出せないままでは
歩けなかった

あ・い・コ・ト・バ

良いように型どった言葉はいつも醜いくらいにキレイだから……
あなたを想う言葉は象《かたど》ったりしないで　ありのままで

二人きり……広すぎる部屋で互いに言葉をかけないまま
時間だけが過ぎてゆく
実体のあるあなたを前にして上がっていく身体の熱
好きになればなるほどに言葉が見つからない

一緒に過ごす日々が少しずつ思い出となってゆく
涙をためながらあなたの茶色のセーターを摑んだ日が
昨日のことみたいだよ
不思議だね……あの日から私あなたの隣にいるんだよね

過ぎた日はもう二度と戻らないけれど
あなたのそばで過ごす日々が思い出となってしまっても
後悔なんて絶対にしないから……

寂しいって泣かなくなった
あなたの「頑張れ」だけで私やり遂げて見せるから
ずっとずっと私のことを見ていてね

ねぇ　伝えたいことはイッパイあるけれど
言葉は大して力を持っていないから　たった一言だけ……
「出逢えて良かった☆」
単純明快に今そう思います

愛しさが　募って……増して　好きになる
適当になど　想えないから

本当は　戸惑ってるけど　好きなのも
迷いないのも　真実《ほんとう》だから

何もかも自分しだい

風が香る朝を迎えて夢と希望の二つだけを抱いていた日々
先が見えない暗闇が多くても
今すぐでなくて良いから自分自身を追いかけてみよう

誰かが作った道なら歩くのは簡単で
自分で作った道なら困難も喜べる
きっとそんなものだから……何もかもが自分しだい

季節により変化を見せる木漏れ日は時に儚くて
夢と現実の境界で悩んでも
今すぐでなくて良いから他人《ひと》を本気で愛してみよう

誰かが描いた夢なら壊れるのも簡単で
自分で描いた夢なら壊れるかは自分しだい
きっと　この世界に溢れるすべての現実はそうなっているから

何もかも自分しだい
良いも悪いも決めるのは自分自身
悪く考えれば限りが無いように
良く考えると限りなく広がる希望があるハズ

何もかもが自分しだい……誰かのせいにしたって惨めなだけだから

センパイ

覚えていますか？　私が初めて先輩に声をかけた日のこと
多忙なあなたに入部の意志を伝えたくて
放課後の慣れない校舎を迷いながら捜していた

やっと見つけて呼び止めて……不思議そうな顔をするのは当然で
あれが　私たち二人のちゃんとした出会いだった

あれから間もなく２年の歳月が経ちますね
私にとって先輩がとても大切な存在となりました

自分の好きなことを全身で表現する先輩が
何処か私と似ている気がして親近感を強めていった春
暑い日により暑くなる部室　仕事分担が形になりだした夏
学校祭に急かされて二人して校内を走り回った秋
部室の移動　仮部室で過ごす日々
新しい空間は二人きりの部には広すぎて……二人して戸惑っていた冬

ねぇ先輩　何かに躓いてしまって誰かが羨ましく思えても
他人と比べたりしないでくださいね
端から見た人間は自分にないと思うモノを
適当に繋ぎ合わせただけのからくり人形だから……
結局はその存在も自分のいいように作り上げているだけ
そんなことに最近気がつきました

これから先の先輩の生活を少しでも支えていけるような
そんな詩が書けたらと思っています

これが私に出来る　私なりの『応援』だから……

spring

風が暖かくなってきたね　空が澄んでキレイだよ
あれから数カ月が過ぎてあんな私でも笑って春を迎えられたね

何も分からずに何も分かっていないことにさえ気づかずにいた
出来ないことを嘆くだけの私ではあなたは勿体ない
煌めくあなたと釣り合いのとれる女性《ひと》になりたい

学校でね　書類のタイプ練習なんかやるんだけど
『社内旅行について』とかってお決まりのフレーズに
今までは反応なんてしなかったのにね

『社内旅行』……あなたにもあるのかなぁ？　行くのかなぁ？
女の人も居るよね？　キレイな人かなぁ？
あなたのこと好きにならないよね？　狙ってないよね？
って　笑えちゃうでしょ？

逢えない日が続いても……何日も何日も続いても……
頭の中はあなたでイッパイだよ
単純だから余計にイッパイになるの

あなたと出逢ってから笑うことに本気になれた
これって結構　私には難しかったの

感情は止まることを知らずに走り出して
夢にまで見るの……あなたのことを
何が何だか自分でも訳が分からないくらいに好きです
ただ……好きです

present

あなたのこと知らなすぎて何も分からなくて……
ショーウィンドウ越しに立ち尽くしていた

探し歩いた８軒のお店
高価なモノってことより何よりこの気持ちを伝えたくて
こんな頑張りが今までの私にはなかった

モノの善し悪しも解らないのに
悩む気持ちもなく苦手な大都会を歩いている自分が不思議だった
東京の街が恐くて歩けなくて
メールであなたに慰めてもらっていた私の何処に
こんな勇気があったのだろう

逢えたら言うセリフも決めていたのに……
もう嬉しすぎて溢れる気持ちと照れ隠しとで
何かもう……めちゃくちゃだよ
何気ない言葉ひとつ一つがあなたらしくてドキドキする

ねぇ　知識もなくてあなたとの付き合いもまだまだ浅くて……
無知なままではいられなかった

やっとの思いで探し出したあなたへのプレゼント
「この果てしない想いがほんの少しでも届きますように」と
……願いを込めて

こえ Ⅱ

あなたの前で無神経に喜んで会話の途切れた電話に泣いた夜
どうしてあの時あんなことを言ったのか分かりもしないから
言い訳はせずにいたいと思う
今は本気であなたのことが好きだと
……それだけは分かっていてほしいの

耳元で鳴る電話のコール音が切れたことに内心驚いていた
出るなんて思ってなかったよ
やっと聞けたあなたの声に笑えるくらい単純に不安が薄れていく

何となくかけてしまった電話に重ねる理由が見つからなくて困っていた
「何？」って聞かれたって答えられない
声が聞きたかった……それ以外に理由なんてなかった

面と向かってだとどうしても空いてしまう空間が
電話だとすぐそこに声があって……
話そうとすると自分でも何を言っているのか分からないくらいで
無意味にお喋りになる

慣れない緊張に急かされたって繋がった電話は切りたくなくて
話題を探して長引かせていた

話題なんてホント何でもイイ
勝手気ままに喋り続けてくれればそれだけでイイ
ただ　その声を１秒でも長く聞いていたい

めちゃくちゃに好きだよ……声聞くだけで涙溢れる

守ってあげたい

「じゃあね　私が守ってあげる……」
初めてだった……頭の中で思ったことなら何度だってあった
でも言葉にするには勇気がなかった
鼻で笑っていたみたいだけど本気だからねっ！
何か私に出来ることがあればどんな些細なことでも言ってほしい

「守ってあげる……」言い切った後は何だかとても清々しくて
あなたのこと　このままドンドン好きになっていっちゃいそうだよ

ホントいつでも弱っちくて力にはなれないかも知れないけれど
ホントいつでも味方でありたいから
ホントいつでも頼ってね

数ヶ月前までは名前も知らない他人であったあなたを
今こうして愛しく想えることを幸せに思う
他人であったあなたが他人でなくなっていくことが
嬉しくて嬉しくて
……出逢えたことに感謝したい

いつかはきっとあなたの役に立ちたいの
無茶はしないつもりだよ　でも無茶したいくらい好きなの
守ってあげたい……
初めて素直にさせてくれた男性《ひと》

憂いより　支えの念を　表して
掴めなかった『答え』をくれた

落ち着いて　未来《まえ》も過去《うしろ》も　見れる今
あなたの力　驚かされる

endless bond

誰にも見えない未来は言い換えれば誰もが可能性を持っている
「他人《ひと》より輝きたい……」そんな向上心さえ結露していたね

自分ひとりでは何も出来なくてそれを認めることも出来なかった日々
泣き出した私の手を握り「大丈夫」って何度も繰り返してくれた

いつもいつも　そう……
迷って立ち止まる私の背中をいとも容易く押してしまう
いつだって本気で悩んでいるんだけどあなたに話すとホッとして
改めて落ち着いて考えられる
「逃げるなっ！」って頭をポンっと叩かれているみたいで頑張れる

同じように高さを合わせて話を聞いてくれる存在《ひと》
妄想だけが広がってかけられる言葉にビクビクしていた頃……
彼だと開いた傷があなただと傷まない

私の幼い夢や憧れにも嫌がらずに付き合ってくれた
ビックリするほど単純に惹かれていった懐かしき日々

ねぇ　何があっても何があってもあなたの言葉だけを信じているから
……忘れないでほしい

苦笑い　「こんなんやで」と　言うあなた
そんなあなたが　好きなんです

5　虹さがし

人間も　繫がりないと　他人だね

少し違えば　出会わなかった

birth

今更ながら 「あなたのことが本気で好きだったんだ」って
フッと泣きたくなるよ
それは未練とか恋心とかではなくて
あの時必死だった自分を時々思い出すから

あなたの前で笑っていた頃の私が
背伸びしていた『私』であったことが今何よりも悲しい

ねぇ　もしも……あなたがあと一日遅く産まれていたのなら
何もかもが変わっていたね
一生あなたとは出会わなかったかも知れないし
お互いに別々の生活をこの同じ世界の中でおくっていたんだろうね

シーツにくるまってあなたからのメールを待っていた頃の自分が
遠すぎて見えない
好きだった声も……もう思い出せない
変わってしまったのはあなたではなく私だったのかも知れないね
何もかもが本当に今更で感情を表す言葉たちも曖昧なまま

ねぇ　もしも……あなたがあと一日遅く産まれていたのなら
何もかもが変わっていたね
あなたと出会うことがないように彼とも出逢わずにいただろう
あなたの存在があまりにも儚くてひたすらに恐くなる

いつかきっと　あなたにも本気になれる女性《ひと》が現れるでしょう
その時が来たときあなたの顔をちゃんと見れる私でいたい
あなたが次に好きになる女性《ひと》に『劣らない自分』でありたい
彼が見つけてくれた自分に自信を持って精一杯に生きてゆきたい

learn

初めてあなたと二人きりで逢った日をスタートとしてもいい？
あれから幾日も経ち　いろんなことがあったね
あなたを怒らせたり悩ませたり困らせたりで……
そのつど泣き出した私を抱きしめてくれた

あなたが思っているように私を変えてしまったんじゃない
私を本来の姿に戻してくれただけ……
ありふれた将来への不安と曖昧な進路の悩み
あなたはただ頷き聞いてくれた

あの時言ったあの言葉……きっと一生忘れはしないから
不安だった未来には色も形も付いていなくて
きっとそれは人それぞれに色と形を選んで
自分に見えるモノにしていけるように『無色無形』なのだと思った

あなたに影響を受けて私の何かを変えられたのではなく
私があなたから勝手に吸収しちゃっただけ

どっちの道をとるかで悩んでいた私に
『道』は何通りもあるのだと教えてくれた

どっちの道をとるかで悩んでいた私に
『道』は何通りもあるのだと教えてくれた

more love

いつの時代も物語はキレイすぎて真実の世界を見えにくくさせる
平凡な日常に感覚を奪われて涙を流すことにも真剣になれなかった
……そんな日々があった

忘れたかった出来事に再び出会った時
「辛かったやろ？」って言ってくれたから涙が止まらなかった

いつかあなたがメールで言ったように
私はあなたに対して何も与えられていないのかも知れないね
何もない私だけれど……
そばに居ても役に立たないような私だけど……
あなたに与えられるモノ　捧げられるモノ
この果てしない想いではダメですか？

ずっとこのまま……ただあなたのそばに居たいのです
あなたが何かに躓いた時
この手に溢れる温もりであなたを支えたいのです
いつかいつか私たちのどちらかが尽きるまで
その笑顔に触れていたいのです
最期に見る人物もあなたであってほしいのです

沢山の喜びをくれたあなたへ
『幸せ』というものを不格好ながらも私なりの方法で伝えたいのです

何一つ　支えになどは　なれないね
それでも一緒に　笑っていたい

内からの　強さを持った　女性《ひと》になる
今ならもっと　『らしく』　いられる

all animate beings

月日が経つほどに私達はいろいろなモノに慣れてゆく
失ったモノや得たモノに囲まれ
本来の自分自身の有るべき姿を見失ってゆく

誕生した時は皆がみな同じくらいに純粋であったハズの生き物達は
環境や自分の感覚によって汚れていく
それは生きてさえいれば仕方のないことなのかも知れない
だけど　その『変化』に胸を病んだ者達が後を絶たない
きっと誰もが一度は立ち止まってしまうのだろう

『疑い』溢れる時代の中でも信じられることは沢山あるハズ
見ようとしない現実に少しでも負い目を感じるのなら
歩き出そう……一緒に
私も『これから』だから

人間《ひと》はみんな弱いもの……最初から同じくらいに弱いもの
いつでも自分に弱さを感じているから他人《ひと》が強く見えるだけ
きっと　背負っているモノの大きい小さいなんて
どれだけ『自分』という人間に対して必死になれているかだと思う

他人《ひと》に痛みを訴えても解かり合えない時もある
やっとの思いで傷を見せても痛み止めさえ身体に合わない時もある
だからこそ……一度一度の言葉に耳を傾けていきたい

時間は流した涙さえも『思い出』としてしまうから残酷だけれど
月日の中で得たモノを思い出としていけるから
私達は『明日』という言葉の存在を知っていけるのだと思う

何かに怯える若者たちへ

周りの人間《ひと》が幸せそうに見えて自分が哀れに思える
自分ひとりだけが取り残されたように感じて急に恐くなる

意味もないのに泣きたくなって
その時間を共有してくれる存在をメモリで探してしまう

問題が解決されなくても
手を取ってもらえたり髪を撫でてもらえたり……
そんな簡単なことでも救われる気がする

他人《ひと》とは違う存在でいたいのに
他人《ひと》の波から外れることに不安を抱いて動けなくなる

ほんの些細なことで親や友達さえも信じられなくなる
人が溢れる街中で急かされることに反発して立ち止まってみたくなる
こんなに広い世界の中で誰からも必要とされていないように思える

「普段なら疑いの目で見れる他人も優しそうな助っ人のように思えて」
何もかもを信じてしまう

理由なんて分からない……言葉にしたってうまくは言えない
ただ恐くて何かにしがみつきたくなる

何かに怯える若者たちへ
……その傷私に見せてほしい
「あなたの力になりたい」真剣今そう思うの

生きてゆこう

意識のないままに　恐怖だけを身近に感じて戸惑ってしまう
理由があってもなくても理由自体が分からなくても……
何をすればいいのかさえ見出せない自分

叫ぶ想いも言葉にはならなくて一心不乱に『幸せ』だけを追い求める
『発狂』とも言えるような自分の叫びにさえイライラして
呆然と立ち尽くす

誰にも届かないから……
気づいてもらえるためなら何でもしてしまう
そんな自分が恐いの？

ありふれた言葉ではきっと君には届かないから……
キレイ事の枠を取っ払って私だけに言える言葉で伝えよう

何かを失った時　人間《ひと》は『絶望』という現実と向かい合う
それと同時に自分の存在を見失い
見えなくなった自分の姿にいろいろなモノを重ね合わせ
『ジブン』を補ってゆく
見えない未来《さき》に恐怖は増していくけれど……
僕らはきっと傷つくたびに強くなってゆく

生きてゆこう……一緒に

『わたし』を知ってほしくて

『わたし』を知ってほしくて……

誰かの為なんて思ってはみてもやっぱり自分が一番で
だから　そんな自分が嫌いだった

何ひとつ守れもしないくせに変に正義感だけが強くて
無力なくせに望みだけは大きくて
臆病なくせに口にする言葉だけは強かった

いつも何処かで『良い子』を演じていた
真面目っぽくて何の反発もしない『わたし』は自分で造っていたくせに
傷ついて嘆くのは得意だった

自分のことさえ良いように創っていながら
他人の痛みを癒すことなんて出来るはずがなかった
私の想いに何処かで少しでも共感してくれる存在があるのなら
その気持ちを裏切らないようにしたいと思った

『わたし』を知ってほしくて此処にこうして曝け出した
……次はあなたの番だよ
素直に生きよう

……次はあなたの番だよ

青い空　泣き続けてた　あの日から
微笑むたびに　強さ手にした

6　自分いろ

誰だって　必死に生きてる　だけなのに
どうして運は　見放すのだろう

約束しよう

約束しよう……これからふたり互いに頑張るって

自分の身体が他人の物みたいにまったく言うことを聞かない
ただ一つ言えることはしばらく笑える自信がないってこと
泣くことでさえ一人では辛すぎて出来ない

こんな結末　納得できないよ
その前にまだ信じることが出来ないでいる
明日からのあなたの居ない日々があまりにも漠然としていて
眠れないよ……胸が苦しくて

約束しよう……次に逢う時は思いっ切り抱きしめてね
折れるぐらいに……痛いくらいに

独りでは過ごせない……
これからの時間の過ごし方が分からない
前はこんな時どうやって乗り越えていたのか思い出せない

指折り数えていた一週間がもっともっと遠くなっていった
ねぇ　信じさせてね……私の誕生日は一緒に過ごせるって
あなたからの「おめでとう」が聞けるって

約束しよう……一緒に京都に行こう
縁結びの神社があるの
月日が過ぎて今度ふたりが逢えた時こそは二度と離れずにいたいの
もう本当にあなたのことを手放したくないの
私を幸せに出来るのなんてあなたの他にいないのだから……

約束しよう……いつか必ずもう一度……
あなたの腕で思いっ切り抱きしめてほしい

ウサギ

腫れた目の赤みが引かず家に入れずにいた
全てのモノが涙を誘う……強くなんて生きられない

あなたの定番のセリフが私の口癖となった
近づいた距離の分だけあなたの返す言葉が予測できるようになって
……余計に辛いよ

他の誰かじゃ愛せない　友達でさえ満たされない
代役なんかは役に立たない
……あなたでなくちゃ意味がない

心は前を見て歩き出しているのに身体が全身で拒絶している
どんなに笑っていても「元気ないね」って言われてしまう
弱っているのが自分でもよく分かる
鼓動はあの日以来静まりかえって五月蝿《うるさ》かった高鳴りがもう聞こえない

町の雑踏に映えるラブソングには触れられず
友達からのカラオケの誘いは頑なに拒んだ
ボーリングにも行けない……あの日の光景がよみがえる
手を繋いで歩いた道がこんなにも切ないなんて
ねぇ　今すぐに逢いたいよ……
町に溢れる恋人たちのようにあなたと手を繋ぎこの町を歩きたい
あの日から苦しかった……思っていた以上に

好きで好きで好きで仕方がないよ
月日が経てば経つほどにどんどんドンドン好きになってゆく

ウサギのようになってくよ　赤目のまま……寂しくて寂しくて

めまい

友達に私へのあなたの気持ちを否定されて呼吸を乱し泣き出した
……クラスメートで溢れかえした教室の中

嘔吐感が全身を走る　想いがすごい速さで加速する
クラスメートの視線が刺さる
見られていることを全身で感じる
……そんなことは　もうどうでもいい

STの終了で廊下へと流れ出す人波
紛れて教室を飛び出した
溢れ出す痛み　止まらない想い
混雑の廊下　かわしきれずにぶつかった身体

「コンナニモ……コンナニモ　スキデス」

何もかもが　もうどうでもいい
あなたの言葉以外は信じられない
好きで好きでどうしようもない

熱くなってゆく身体に嘔吐感が便乗していく
初めて感じたなかなか治まっていかない身体の震え
自分の言葉さえ『自分の物』とならなかった
ハンカチが冷たく感じるまでになっていた
こんなときいつもティッシュの箱を差し出してくれていたよね

ねぇ……きっと　きっとあなたが思っている以上に
私あなたが好きだよ

鬼強

あなたを好きになったときから１秒１秒が大切になった
たった数秒でイイ……あなたの声が聞きたいよ
服の上からでイイ……あなたに触れたいよ

いろんな弊害に邪魔され些細なタイミングのズレで傷つき
笑い合った思い出に胸を痛め
異性《ひと》を愛するという事が現実の痛みとなってゆく

あなたの話す分からない語句に毎回「どういう意味？」って聞き返し
単語の意味を並べただけの簡潔なメールに
一つひとつの言葉の意味を教えられていく
ああ　きっと望んでいたのはこんな関係

あの時はまだ海の中で波に飲まれながら泳いでいた途中だったから
分からなかったけれど
泳ぎ終わって岸に上がった今の私なら
あなたより言葉足らずでうまく言い表せなかった気持ちさえ
あなたを共感させる言葉にも出来そうだよ
ああ　一言でいうのなら 「傷の舐め合いでない関係」

泣いたり笑ったり……時には苛立ちのぶつけ方さえ下手くそで
何もかもが子供だったあの頃
今も大して変わってはいないけれど
「愛してる……」なんてホント本気だと言えないね

荒れていた波は形を変えて去っていっただけ……泳ぎ終わっただけ
先の見えなかった海を泳ぎ切れたわけじゃない
別の海を探して求めて浸かる……それもいいだろう
ああ　きっと今の私には他の海なんかじゃ価値がないんだよ
「愛してる……」なんてホント本気なほど言えないね

たいせつ

あなたは独りじゃないよ　此処に私がいるから
だから　お願い……独りだなんて思わないで
何も出来ない私だけれどあなたが傷ついたそのとき
強く強く抱きしめて少しでもその痛みを和らげてあげたい

信じたいモノに確実さを求めても裏切られるだけかも知れないけれど
先へ進むしか今の私たちに出来ることはない
静まらない孤独感……あなたの存在の大きさだけが確実になってゆく
強がるわけじゃないけれど夢見るだけでは誰も救えない
あなたが笑っていてくれるなら……もうそれだけでイイと思う

自然と頬をつたって流れた涙の冷たさで目が覚めた
時計はもうお昼を指そうとしている……そんな日曜
あの日からどんなに天気が良くてもどうしようもなく目覚めが悪い
明るい太陽が本当に残酷だよ
こんな明るい昼間はどこへ出掛けたって
あなたと手を繋いで歩きたい道ばかりで……

あなたは独りじゃないよ　此処に私がいるから
だからだから　お願い
独りだなんて思わないでね
いつだって　あなたがいたから生きてこられた

ねぇ　日差しが眩しいよ
もうすぐ海が似合う季節だね
「あなたと過ごしたかった……」この望み　まだ捨てないからね
諦めることだって大切なのかも知れないけれど……
何が正しいかなんてまだまだ分からない
あのとき泣きながら伝えた自分の言葉に責任を持ちたいだけ
「じゃあね　私が守ってあげる……」

三つの約束

あの日の電話……
フッと思い出しては胸で蠢く痛みと募りゆく不安に必死で耐えている

話し終える頃にはいつも通りの二人だったね
「今までの話きいとったん？（苦笑）」ってあなたの言葉に
「聞いてなかった（笑）」って答えた私
……そんな二人だったよね
夜中を過ぎてもなかなか切れなかった電話
その電話を切ったとき
途端にフッと湧いてきた感情に声を殺して泣きました
誰もが寝静まった深夜
家族に聞こえないように……誰にも聞こえないように……

電話を切ってから泣き続け一睡も出来なかった日
そのとき私が思ったこと
「何とかしなきゃ！」と「この先どうやって生きていこう……」

あの日二人で交わした二人だけの約束
どうかどうか忘れないでいて下さい
交わした約束……私の言葉と想い……
何よりも『私そのもの』を

「幸せになれ」と言ったあなたに「幸せにならないで」と言った
「必ず私が幸せにするから」と泣きながら伝えた

この本が出版を迎える頃　私はどうなっているのでしょうか？
あなたの隣で笑っていられるのかなあ？
あなたと一緒にこの本を手にしているかなあ？
そのときも相も変わらずに泣き出すであろう私を
優しく抱きしめてほしいよ

この夢を　応援してね　ずっとだよ
あなたに見せたい　想いがあるから

happy together ～こうして出会えたあなたへ～

思うより単純には生きられなくて　願うより複雑ではやり切れなくて

こうして出会えたあなたへ
私の声が聞こえますか？　私の想いは届いていますか？

周りを見まわすとこの目に写る光景
平凡な日常を象《かたど》るようなそんな生活を抱え込んで生き急ぐ者たち
この街の誰かの目には私の姿もあんな風に写るのだろうか

裏切られることに慣れ始め守りたいモノもなかったあの頃
『生きる』意味など考えもせず誰かを恨んで生きてきた
自分の居場所があれば安心して意志など持たずに笑う者たち
都合のいいように血筋さえも操られて……
子供の世代に恐怖を覚える大人たち
……あの頃　誰を信じれば良かった？

何もかもがただ恐かった
いつだっていつだって寂しかった
母にさえ見せられなかった爆発しそうな寂しさを繕うように
ひたすらに笑っていたあの頃の惨めな自分
いつだっていつだって思い出す
あの時のあの人の私を見る目……無神経な周りの対応

思うより単純には生きられなくて　願うより複雑ではやり切れなくて

こうして出会えたあなたへ
大切な友達が好きな人さえも恐くて信じられなかった私に
くれた言葉を届けよう
『一度信じると決めたならとことん信じろ』

『私らしく』好きでいたい

心地よい風がいつからか切なくて
そのつどそのつど胸を詰まらせていたあの頃
何もかもにただ純粋すぎて
壊れゆく存在の理不尽さが許せなかった
幼すぎて……あまりにも脆くて……
何もかもが許せなかった

一生懸命になれば　その分
あの頃の自分がどれだけ無知だったかを思い知らされる

あなたの過去に私は居ないんだね
そんな当たり前なコトにも胸が強く痛い
でも　私たち今こうして出逢えているんだよね
過去があっての今のあなたを何よりも誇りに思う
私……今のあなたを見て好きになったんだ
きっと　それだけが確かなもの

誰にも見せたことのない顔もあなたには知ってもらいたい
私の弱点も慰め方もあなただけには知っててもらいたい

出来ないことがあるのは当然で
出来ないなら出来ないでそれで構わない
それが『あなた』だから
私が好きな『あなた』だから……

泣いて拗ねてイジけて　困らせてばかりだけれど
拗ねたってイジけたってあなたに相手をしてもらえなかったら
自分から近づいてしまう……ホント笑えるくらい幼いよね

どんなに不器用で不格好であっても『私らしく』好きでいたい

澤田英莉　17歳

私は今、幸せです。
あなたに「好き」と
言ってもらえたあの日から……。

明日からは……

明日からは友達で……メールや電話だけの友達で……

最後に言ったあなたの「ええ顔してる」って声が今でも響いている
とまらなかった涙の奥で微笑んだ強さをあなたは誉めてくれた

これから幾日も眠れない夜が続くね……
好きだから別れた
あなたの辛い顔や私とのことで流れる涙だけは絶対に見たくなかった
今　あなたの隣に私がいないのはあなたを心底愛した証だよ
いつかまた二人して恋に落ちようね

明日からは友達……突然他人になるよりずっといい
一方的に終わらせられるよりずっとずっといい

「辛かったやろ」ってあなたの言葉に溢れた涙
温かい手も慣れた唇も煙草を吸うときの癖も……
何もかもが好きだった

当然になっていたあなたの助手席「気持ちはわかるから……」と
車に酔った私の背中を優しく摩ってくれた昨日の今日
私たちは幾つもの思い出を手にしながら今日で『恋人』をやめる

「生まれ変わったら一緒になろうね……」って私が言ったら
「来世でっ！」ってあなたの言葉がついてきて本当に本当に嬉しかった
あれがあの時の私に言えた唯一の前向きなセリフだった

生まれ変わったら……結婚しよう
あなただけに恋していたい
いつかまた二人して恋に落ちようね☆

last kiss

今夜が金曜の夜だということを認めたくない
全力でシャワーを浴びてドキドキしながら鏡の前に立ち髪をといで
リップつけて……下手なままの眉に少しだけペンを入れ微笑んでみる
深夜の道に響くヒール音　夜の闇に包まれながら一人歩いた道
約束の場所であなたのライトが見えるにつれて高鳴った鼓動たち
想いが募る金曜の夜……

硝子机の上にある小物をイジってよく遊んだ
ライターでの火遊びもメチャクチャな会話にもいつでもお兄さん的で
おでこをペシッって叩かれるのが大好きだった

すごく気に入っていた狭いシングルベッド
「一度ココで寝てみたかった」とはしゃいだ私に笑ったあなたを
今もよく覚えている
服も小物も散らかったままの部屋……
飾らないあなたの何もかもが大好きだった

いつもいつもあなたの存在に癒されときめいた
時には満たされずに当り散らしたり
あなたの過去に私が居ないなんて当然なことにも泣きじゃくったよね
決まって優しく髪を撫でてくれた
そんな優しさが何よりもあなたの魅力だった

車の中での最後のキスも頼りない約束も指切りも……あなたの涙も
すべてに胸がつまった最後の夜

「辛い辛いと嘆くのではなく他の男じゃ役不足なんだから
仕方ないじゃん」と開き直ってしまえばいい
……これが今の私の合言葉

be lovesick

「お疲れさま☆」ってメールに「お疲れ様。」って
返事が返ってこない日は不安でたまらなくて……
あなたと別れてから『別れ』というものが突然なのを知った
あれから私は失うことの恐さに怯えきっている

あなたが好きです
ただ好きでいたくて……それを知ってもらいたくて……
そんな些細な気持ちから始まった恋だったはずでしょ？
なのに　今の私はあなたの言葉がないと動けないみたい

「涙脆い」とは自分で言っていたけれど
誰の前でも泣けるわけじゃないよね？
最後の日　二人して涙した
そんなことが出来るのってどちらかが慰めにまわるよりも
幸せな気がした

月日が経てば何もかもを忘れてしまうのかなあ
思い出話にしかならなくなっちゃうのかなあ
辛いね　別れるって……ひとつの身体が千切れていくみたいだよ
みんなみんなこんなことを繰り返し生きていくんだね
あなたもこんなことを繰り返して生きてきたんだね
……そして私と出逢った
身体なら一つでイイのにね

くだらないことだってあなたのそばなら楽しかった
今までの恋のことも思い出せないくらいに本気で好きになりました
迷って悩んで立ち止まって……そんな繰り返しの二人だったけれど
ああ　私たちお互いの幸せのために出逢えたんだよね

「お疲れさま☆」と送れば「お疲れ様。」と返ってくる。
そんな些細なメールのやりとりでも
ふたり繋がれている気がする。

ひまわり

遠くで蟬の声がする……目を閉じると私の中に響きわたる
視界いっぱいに広がる海
楽しみをも見出せないままに急かされ焦る自分
この広い大地に目を奪われる……そんな憩《きゅうけい》がしたかった

懐かしい匂いのする風に髪が靡き首筋を通過してゆく
ふわふわと風に揺れるスカートの裾
かすかに聞こえてくる車のエンジン音……そばで止まりドアが開く
私の名前を呼ぶ聞き慣れた優しい声
とびきりの笑顔で振り返って思いっ切り駆けた

夏に咲く花は『ひまわり』と幼い頃から覚えてきた
ねぇ　高く突き抜けた青い空には
大きく咲き誇るひまわりがよく似合うね
私たちもあんな風に代わりの利かない二人でいようよ
私にはこんな当たり前の幸せでいいんだよ
誰もが呆れるようなこんな小さな幸せの方が私には似合うんだ

コップの中で溶け始めた氷がグラスにぶつかりコツンと鳴る
どことなくおかしくてプッと吐き出すように笑ったら
グラスに口をつけたままのあなたが驚いた
……時計の針は午後３時を指した

海を前にしてふたり並んで……
私から少し触れにいった手をあなたがギュッと掴んだ
幼い子供のキャッキャッって笑い声に思わずふたり同時に反応して
無邪気な笑顔に何だかとてもホッとした
くだらない事もしてみたくなるような天気の良い日

夏に咲く花は『ひまわり』と私が幼かった頃からそうだった
ねぇ　澄み切った優しく強い青には
自分の存在に素直である黄色が映えるね
私たちもあんな風にお互いのいい所に触れながらやっていこうよ
私はこんな何処にでもありそうな幸せがいいの
誰もが笑うような何処にでもありそうな幸せの方が
ずっとずっと探し出せないモノだから

いつかいつかこんな風に思い描く未来のように私を迎えに来てね
……いつかまた「好き」と言ってね

どしゃぶりの雨に打たれても構わないと思う。
びしょぬれの自分の方が何となく『私』らしいから……。

第十二回　日本海文学大賞　詩部門　佳作

『大人に近づくにつれて』

　大人に近づくにつれて
「このまま時間が止まればいいのに」と思うことがある
きっとそれは　大人に近づくにつれていろいろな経験をし　その中で
もう戻ることなど出来ないのだと考えるようになったからだろう

　大人に近づくにつれて
寂しさが現実味を増すようになった
きっとそれは　大人に近づくにつれて
すべてのモノが痛いくらいクリアに見えてしまうからだろう

　大人に近づくにつれて
人前で泣くことが出来なくなった
きっとそれは　大人に近づくにつれて
涙を流すことを恥ずかしいと思うようになっていたからだろう

　大人に近づくにつれて
何度朝を迎えても立ち直れないことがある
きっとそれは　大人に近づくにつれて
自分の弱さに気づいてしまったからだろう

　大人に近づくにつれて
幼い子供みたいに頭をなでて欲しいと思うことがある
きっとそれは　大人に近づくにつれて
無償で愛されることの有り難さが身にしみるようになったからだろう

　大人に近づくにつれて
何故か急に恐くなることがある
きっとそれは　大人に近づくにつれて
『失う』ことの重さを知るようになったからだろう

　大人に近づくにつれて
奇跡などこの世の中には存在しないと感じてしまうことがある
きっとそれは　大人に近づくにつれて
自分の手で何かを掴もうとするようになったからだろう

　大人に近づくにつれて
増してくる不安に押しつぶされそうになる
ただ恐くて　ただ寂しくて……
皆が皆　ただ幸せになりたいだけ
それなのに誰かが幸せをつかむときはまた誰かが幸せを手放したときで
その度　人はこれで良かったのだと
自分に言い聞かせることを覚えていく

　大人に近づくにつれて夢を諦めないことを知った
私にとっての『幸せ』はこのことに気づけたことだろう

　大人に近づくにつれて
諦めたくない自分を見つけた

著者プロフィール

澤田 英莉（さわだ えり）

1984年　福井県三方郡美浜町に生まれる
2000年　県立美方高校に入学、現在、同校に在学中
　　　　福井県高等学校創作コンクール短歌の部で優良賞受賞
2001年　日本海文学大賞詩部門佳作を最年少で受賞
2002年　福井県高等学校創作コンクール短歌の部、詩の部で
　　　　ともに優秀賞受賞

17歳　～『私らしく』好きでいたい～

2003年1月15日　初版第１刷発行

著　者　澤田 英莉
発行者　瓜谷 綱延
発行所　株式会社文芸社
〒160-0022　東京都新宿区新宿1－10－1
電話　03-5369-3060（編集）
　　　03-5369-2299（販売）
振替　00190-8-728265

印刷所　図書印刷株式会社

© Eri Sawada 2003 Printed in Japan
乱丁・落丁本はお取り替えいたします。
ISBN4-8355-5069-2 C0092